D1304550

Collection MONSIEUR

Monsieur
RÊVE

Roger Hargreaves

hachette
JEUNESSE

Monsieur Rêve, tu le connais déjà,
puisque tu l'as vu sur la couverture de ce livre.

Voici son histoire.

C'est également celle d'un petit garçon
qui s'appelle Jacques.

Lui, tu ne le connais pas encore.

Regarde-le, là, sur cette page.

Jacques était un très gentil petit garçon.

Il finissait toujours ses repas.

Il allait toujours se coucher quand on le lui ordonnait.

Il disait toujours « s'il vous plaît » et « merci ».

Mais Jacques était un rêveur.

Il était toujours dans les nuages.

Ce jour-là, Jacques était à l'école.

Assis à son bureau,
il écoutait la leçon de grammaire du maître.

Il faisait très chaud
et Jacques était très content
de se trouver au fond de la classe
près de la fenêtre ouverte.

Soudain, du coin de l'œil, Jacques vit quelque chose, dehors, sur la pelouse devant l'école.

Quelque chose de bleu !

C'était un tout petit bonhomme en forme de nuage.

Jacques n'en crut pas ses yeux.

Le petit bonhomme lui souriait et agitait la main.

Jacques regarda son maître qui parlait toujours.

Alors, tout doucement il se leva et, tout aussi doucement, il sortit par la fenêtre ouverte.

Il traversa la pelouse pour rejoindre l'étrange petit bonhomme en forme de nuage.

– Bonjour, lui dit-il. Qui êtes-vous ?

– Je suis monsieur Rêve. Et toi, comment t'appelles-tu ?

– Jacques, répondit Jacques.

– Aimerais-tu vivre une grande aventure?
demanda monsieur Rêve à Jacques.

– Oh oui! répondit Jacques.

– Parfait, dit monsieur Rêve.

Il mit deux doigts dans sa bouche et siffla très, très, fort.

Un énorme oiseau descendit du ciel
et se posa près de Jacques et de monsieur Rêve.

– Viens, dit monsieur Rêve
et il grimpa sur le dos de l'oiseau.

Jacques le rejoignit.

– Tiens-toi fort, dit monsieur Rêve.

Jacques se cramponna.

L'énorme oiseau battit de ses énormes ailes et,
en quelques secondes, ils se retrouvèrent
très haut dans le ciel.

Ils volèrent de plus en plus vite
au-dessus de la campagne.

Ils volèrent au-dessus des champs, des fermes, des villes,
des collines, des arbres, des vallées,
de plus en plus loin de l'école de Jacques.

C'était très amusant!

Monsieur Rêve se tourna vers Jacques.

– Aimerais-tu visiter l'Afrique ? lui cria-t-il.

Ils allaient si vite maintenant
que Jacques se contenta de hocher la tête
et se cramponna plus fort encore à l'oiseau.

Ils survolèrent la mer.

Et, en un rien de temps,
l'Afrique se trouva en dessous d'eux.

L'oiseau atterrit dans une clairière en pleine jungle.
Jacques et monsieur Rêve descendirent du dos de l'oiseau.

Quelle chaleur !

– Allons explorer le pays, dit monsieur Rêve.

Ils se frayèrent un chemin à travers la jungle.

Soudain, au milieu d'une clairière, ils virent un éléphant.

– Bonjour, monsieur Rêve. Voulez-vous un porteur ?
demanda l'éléphant.

– Oui, avec plaisir, répondit monsieur Rêve.

Alors l'éléphant enroula sa trompe autour
de monsieur Rêve, le souleva et le déposa sur son dos.

Il fit de même pour Jacques.

Comme c'était haut !

L'éléphant les transporta jusqu'au bord d'une rivière.
Là, il les fit descendre de son dos,
leur dit au revoir et repartit dans la jungle.

– Comment allons-nous traverser la rivière ?
demanda Jacques à monsieur Rêve.

– Je peux peut-être vous aider, dit une voix
particulièrement mielleuse venant de la rivière.

Ils regardèrent et virent un crocodile.

– Mon dos vous servira de pont, ajouta le crocodile.

C'était très commode !

Ils étaient au beau milieu de la rivière
lorsque le crocodile, découvrant toutes ses dents,
fit une épouvantable grimace.

Puis, d'un coup de son énorme queue,
il envoya Jacques et monsieur Rêve dans les airs,
et attendit, mâchoires grandes ouvertes...

C'était très effrayant !

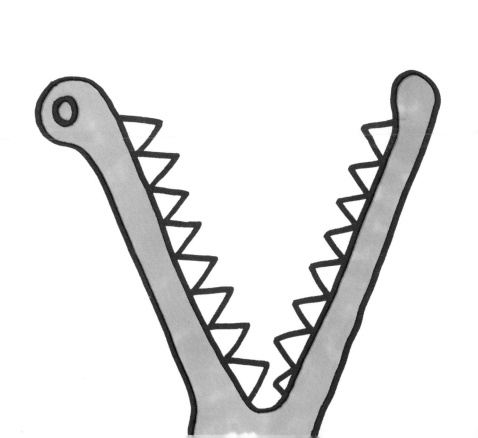

A la vue de cette énorme mâchoire pleine de dents,
Jacques hurla :
– Au secours !

Monsieur Rêve,
qui tombait tête la première à côté de lui,
mit deux doigts dans sa bouche et siffla très fort.

Aussitôt le gros oiseau descendit du ciel
et fonça vers eux.

Monsieur Rêve et Jacques atterrirent sur son dos...
et non dans la gueule du crocodile.

– Ouf ! dit Jacques.

– Raté ! dit le crocodile.

– Je t'avais promis une aventure, n'est-ce pas ?
dit monsieur Rêve.

– C'est vrai, admit Jacques.

– Maintenant, ajouta monsieur Rêve,
si nous allions en Australie ?

Et ils y allèrent.

En Australie, Jacques apprit à lancer le boomerang.
Le boomerang revenait toujours vers lui.

– Maintenant, dit monsieur Rêve,
si nous allions au pôle Nord ?

Et ils y allèrent.

Et monsieur Rêve se retrouva à moitié
enseveli sous la neige.

– Maintenant, dit monsieur Rêve,
si nous allions au Far-West?

Et ils y allèrent.

Au Far-West, monsieur Rêve trouva
un immense chapeau de cow-boy et il s'en coiffa.

L'ennui, c'est qu'il ne voyait plus rien.

– Jacques! appela-t-il de dessous son chapeau.
Jacques!

Jacques !

Soudain, Jacques réalisa
que ce n'était pas monsieur Rêve qui l'appelait.

C'était son maître.

Jacques n'était pas au Far-West,
mais à l'école.

– Jacques, répéta le maître, tu rêvais encore.

Il avait raison.

Jacques était en train de rêver.

Mais les rêves,
c'est bien plus drôle
que les leçons de grammaire!

1 MME AUTORITAIRE
2 MME TÊTE-EN-L'AIR
3 MME RANGE-TOUT
4 MME CATASTROPHE
5 MME ACROBATE
6 MME MAGIE
7 MME PROPRETTE

8 MME INDÉCISE
9 MME PETITE
10 MME TOUT-VA-BIEN
11 MME TINTAMARRE
12 MME TIMIDE
13 MME BOUTE-EN-TRAIN
14 MME CANAILLE

15 MME BEAUTÉ
16 MME SAGE
17 MME DOUBLE

LA COLLECTION MADAME c'est aussi 40 personnages

18 MME JE-SAIS-TOUT
19 MME CHANCE

20 MME PRUDENTE
21 MME BOULOT
22 MME GÉNIALE
23 MME OUI
24 MME POURQUOI
25 MME COQUETTE
26 MME CONTRAIRE

27 MME TÊTUE
28 MME EN RETARD
29 MME BAVARDE
30 MME FOLLETTE
31 MME BONHEUR
32 MME VEDETTE
33 MME VITE-FAIT

34 MME CASSE-PIEDS
35 MME DODUE
36 MME RISETTE
37 MME CHIPIE
38 MME FARCEUSE
39 MME MALCHANCE
40 MME TERREUR

Dépôt légal : Mars 2010
ISBN : 978-2-01-224840-3 - Édition 12
Loi n° 49-956 du 16 juillet 1949 sur les publications destinées à la jeunesse.
Imprimé et relié en France par I.M.E.